LA

France

LITTÉRAIRE.

TOME II.

VIe LIVRAISON.

Paris.

AU BUREAU, RUE DAUPHINE, N° 33.

1832.

IMPRIMERIE ET FONDERIE DE A. PINARD,
QUAI VOLTAIRE, Nº 15.

Analyse

DU

VOYAGE AU CONGO

ET DANS

L'AFRIQUE ÉQUINOXIALE

De M. Douville,

PAR M.-J. D'URVILLE.

EXTRAIT

DE LA FRANCE LITTÉRAIRE.

(VIe LIVRAISON. — JUIN 1832.)

La France Littéraire paraît (depuis janvier 1832) le 30 de chaque mois, par livraisons de plus de 224 à 250 pages.

Prix de l'abonnement :

Paris, pour six mois..	25 fr.	— Pour l'année....	50 fr.
Départemens	29	....	58
Etranger	33	....	66

Tout ce qui concerne ce Journal doit être adressé (franco) à M. CHARLES-MALO, *Directeur*, rue Dauphine, n° 33.

Analyses.

VOYAGE AU CONGO

ET DANS L'AFRIQUE ÉQUINOXIALE,

DE M. DOUVILLE.

Après avoir reçu une éducation libérale, un jeune homme se voit tout à coup, par la mort d'un de ses proches parens, maître d'une fortune considérable. Dans cet âge heureux où l'homme, entraîné par ses passions, est si avide de jouissances, il renonce aux plaisirs faciles qui l'attendaient au sein de sa patrie; il n'est pas même tenté de poursuivre ces honneurs, ces dignités, dont le faux éclat fascine les regards de tant de personnes, et dont le pouvoir est toujours si empressé d'ouvrir la voie à ceux que la fortune a déjà favorisés de ses dons. Une ambition plus louable, un but tout autrement glorieux, anime ce jeune homme; il brûle de s'élancer sur les traces de ces illustres voyageurs, de ces nobles mortels dont l'existence ne fut qu'un long sacrifice fait aux sciences, dont le nom est un titre d'honneur pour le pays qui leur donna le jour, et dont la mémoire, bravant les efforts du temps, passe à la postérité la plus reculée. Ce jeune homme consacre de longues années à acquérir les connaissances nécessaires, afin de rendre ses recherches plus fructueuses. Comme pour préluder à de plus vastes entreprises, il exécute quelques excursions sur diverses parties de l'ancien et du Nouveau-Monde; mais le jour est arrivé où il doit prendre tout son essor; ses projets sont mûris et arrêtés : l'Afrique est le théâtre où il portera ses pas; l'Afrique, ce continent si voisin de notre Europe, et encore si mal connu, l'Afrique, dont un grand naturaliste écrivait, il y a presque vingt siècles, *ex Africâ semper aliquid novi*, et dont on pourrait encore dire la même chose aujourd'hui. Il n'est point ému par l'exemple de tant d'intrépides voyageurs qui tour à tour y trouvèrent leur tombeau; une volonté ferme, une volonté persévérante l'anime : il entreprend son voyage, il l'exécute; et, de retour dans sa patrie, il s'empresse de nous communiquer les résultats de ses efforts. Ce jeune voyageur est M. Douville. Notre but est d'indiquer les principaux traits de sa longue excursion, et les nombreux services qu'elle a rendus aux sciences, surtout à la géographie.

Ce fut à Rio de Janeiro que M. Douville fit les premiers préparatifs de son aventureuse expédition; il en partit le 15 octobre 1827, et arriva le 18 novembre suivant, sur la rade de Saint-Philippe de Benguela. Les renseignemens assez détaillés qu'il nous transmet sur les possessions portugaises de la côte d'Angola, sur leur état actuel et sur leurs produits, donnent une triste idée de leur administration; mais qu'attendre d'un gouvernement comme celui du Portugal, encore courbé sous l'influence des prêtres et des moines?...

Dans son séjour sur le sol des établissemens portugais, notre voyageur éprouva plus d'une fois les tracasseries d'un gouvernement faible, ombrageux et défiant. Toutefois, graces aux soins d'un estimable négociant, José-Manuel Viera da Silva, il put continuer les préparatifs de son entreprise; il obtint même du capitaine-général la permission de parcourir l'intérieur du pays. Il est vrai que l'espoir de se procurer des renseignemens positifs sur les mines de métaux précieux que l'on supposait exister dans l'intérieur, entra pour beaucoup dans cette complaisance extraordinaire. Cela ne rappelle-t-il pas naturellement ces monts d'or que les premiers navigateurs, comme Quiros, Sarmiento, étaient obligés de faire briller dans leurs relations pour exciter la cupidité de leurs souverains à seconder leurs généreuses entreprises?

Près de l'embouchure du Bengo, et dans un lac d'eau saumâtre, M. Douville observa un petit animal amphibie et bipède, dont il donne les proportions, et qui pourrait mériter l'attention des naturalistes.

M. Douville débuta, dans son voyage, en remontant le fleuve Bengo, ou plutôt Zenza des naturels; il visita le lac Quilunda, situé à cinquante mille environ de la mer, lac de dix milles de circonférence, poissonneux, et profond de quatre à huit brasses; il nourrit des bandes nombreuses de crocodiles et d'hippopotames. Comme ce bassin reçoit l'eau de plusieurs torrens, et ne présente aucun écoulement apparent, notre voyageur suppose, avec raison, qu'il doit avoir des issues souterraines. Du reste, ce lac Quilunda ne saurait être le même que le lac Aquilunda, que certains géographes ont transporté à une distance beaucoup plus considérable de la mer.

Chez le régent de Zenza, M. Douville se procura des renseignemens pleins d'intérêt sur les mœurs des naturels, notamment sur les jongleries des devins pour établir et conserver leur influence dans l'esprit de leurs compatriotes; il fut même témoin d'une conversation très curieuse entre le régent et l'un de ses esclaves, qui prouve combien ces noirs tiennent à leur superstition primitive, bien que convertis en apparence aux dogmes de la religion catholique.

Dès Cobira, à quarante lieues de la mer et à quatre cents toises au dessus de ses eaux, M. Douville eut lieu d'observer ces brusques variations de la température atmosphérique, fréquentes dans les lieux élevés des contrées équatoriales, mais inconnues dans nos regions tempérées. Dans un orage, le thermomètre, descendu à 10 degrés à l'ombre, remonta bientôt à 24; deux heures après il était à 31, et dans la nuit il retomba à 8. L'Européen souffre cruellement de ces étranges vicissitudes.

Entre Calunguembo et Mangolo, en sondant le sol, M. Douville trouva des paillettes d'or mêlées avec une terre jaunâtre fort dure. La description qu'il nous fait de l'aspect du pays, depuis Mangolo jusqu'à Calolo, annonce la végétation la plus riche, la plus puissante et la plus variée. Un botaniste ferait fortune dans ces forêts encore inexplorées. Il observa aussi un insecte qui traçait, dans son vol, des cercles lumineux sur les hautes herbes, près de Calolo. Cet insecte est sans doute un de ces brillans lampyres qui habitent les contrées équatoriales. Aux environs de ce village, le sol est naturellement pavé de masses de marbre blanc.

Après avoir traversé le Muria, l'un des affluens du Couenza, il arriva à Trombetta, où sont les mines et les forges de la colonie. Mais ces établissemens lui parurent bien au dessous des descriptions qu'on lui en avait faites.

De Trombetta à Calumbolo le thermomètre de Réaumur marquait constamment de 36 à 38 degrés; la chaleur était si forte que les boîtes en fer-blanc qui contenaient les vivres se dessoudèrent.

A Calumbolo, siége du résident de Golungo Alto, M. Douville mit tous ses soins à se perfectionner dans l'usage de la langue *bunda*. Les fièvres putrides font d'affreux ravages dans ce canton, et notre voyageur eut plus d'une fois occasion d'y mettre en pratique le traitement qu'il avait adopté et dont il indique le mode. Loin de lui la prétention d'empiéter sur les droits des enfans d'Esculape, mais on ne peut lui savoir mauvais gré de nous faire part des procédés dont il éprouva si souvent les heureux effets, dans un pays surtout où l'honorable faculté envoie rarement ses disciples.

Sur la route de Calumbolo à Ambacca des arbres-fossiles jonchaient le sol; quelques uns de ces débris d'un ancien état de notre globe, conservaient encore les veines du bois, et déployaient de brillantes couleurs. Des forêts entières avaient dû être renversées et ensevelies par la combustion qui donna lieu à ces fossiles. Du reste, aucun des arbres vivans n'offrait de ressemblance avec les bois pétrifiés.

A Bango, madame Douville éprouva les premières atteintes de la cruelle maladie qui moissonne la plupart des Européens qui se hasardent dans ces climats meurtriers. Cette femme courageuse, partageant les nobles vues de son mari, avait voulu s'associer à sa fortune; elle prenait part à ses travaux, et se flattait d'en rapporter un jour avec lui les fruits et les souvenirs dans son pays natal....

M. Douville donne des détails de l'intérêt le plus piquant sur les mœurs, les coutumes et la religion des nègres du Golungo. Calumbo est leur divinité principale; Quibuco jouit aussi d'une grande vénération; puis viennent les esprits ou *Zambi*. Ces noirs croient à une véritable métempsycose. Là, comme partout ailleurs, des devins, des prêtres et des prêtresses exploitent la crédulité du peuple, et, sous le masque de la religion, savent se faire une existence douce et respectée.

Dans la province de Golungo Alto commencent les premières terrasses des hautes montagnes de l'intérieur. Le mont Muria est le point culminant de ce canton; sa cime s'élève à 2,500 toises environ au dessus du niveau des mers. Au mois d'avril le thermomètre n'y marquait à midi que 2°; durant la nuit il doit descendre au dessous de 0. Parmi les nombreuses et riches productions du Golungo Alto, notre voyageur cite deux plantes qu'il croit susceptibles d'être utiles aux arts comme matières colorantes; l'une est la graine d'un arbuste nommé *quisafou*, qui produit une belle couleur de vermillon; l'autre est le bois d'un arbre nommé *hoza*, qui pourrait donner du rouge, du jaune ou du pourpre, suivant les combinaisons auxquelles il serait soumis. Sur les bords du Lombigé, à quatre lieues de Gonguembo, des roches calcaires contenaient des paillettes d'or.

M. Douville fut témoin d'une coutume bien bizarre de ces peuples du Golungo. Une femme allait rendre les derniers soupirs ; son mari s'étendit sur elle, comme s'il voulait encore lui donner une preuve de son amour, et resta dans cette posture jusqu'à ce qu'elle eût expiré. Cette dernière preuve d'affection est un devoir indispensable de la part de l'époux survivant. Celui qui voudrait s'y soustraire serait méprisé et déshonoré. Heureux s'il ne périssait pas sous les coups des parens de sa femme, pour expier l'affront qu'il leur aurait fait!

Dans la province des Dembos, que M. Douville parcourut ensuite, il existe, au sujet des cultures du maïs, une superstition semblable à celle des Nouveaux-Zélandais, touchant les plantations de patates. Voulant un jour cueillir un épi de maïs, il fut arrêté par les nègres, qui lui représentèrent, d'un air tout effrayé, qu'un sort était jeté sur quiconque toucherait à ce maïs. Un signe particulier servait à distinguer la présence du charme imposé sur cette plante.

Là, les deux divinités les plus accréditées, sont Quibuco et Lamba Lianquita. Dans les idées de ces naturels, la mort ne doit point offrir une perspective bien pénible, puisqu'elle n'est occasionée que par l'ennui qu'éprouve l'ame de résider plus long-temps dans le corps auquel elle est unie, et dans le désir qu'elle éprouve de passer dans une autre où elle ait une existence plus heureuse. Dans ce changement, l'objet de leurs plus ardens désirs est qu'elle puisse passer dans le corps d'un blanc.

Le fils hérite à la fois des biens et des femmes de son père. Parmi celles-ci, sa mère seule est exceptée, et il doit la donner à celui de ses nobles pour qui il a le plus de considération.

L'autorité portugaise n'exerce plus qu'un pouvoir très précaire sur la province des Dembos, et le jour paraît proche où ces noirs recouvreront leur entière indépendance.

Le récit des rapports que notre voyageur eut avec le *dembo* ou chef de Gomé Amuquiama, et des observations qu'il fit à la cour de ce despote nègre, est plein d'intérêt; mais il faut lire dans l'ouvrage même ces détails, dont une analyse ne donnerait qu'une idée incomplète.

M. Douville visita successivement les *Dembos* de Mufuqué, d'Andala Cabassa, et traversa le Lombigé. Sur les bords de cette rivière, il observa des roches aurifères, et conjectura qu'une mine d'or doit exister aux environs.

Auprès de Gonguembo, il vit pour la première fois des terres vraiment stériles. Un sable fin couvrait le sol et fatiguait le voyageur, quand le vent chassait ce sable en tourbillons.

Après une courte halte à Golungo Alto, M. Douville se dirige vers Ambacca; sur la route, la plupart des forêts sont embrasées, et le pays, ravagé par un vaste incendie, n'offre qu'un aspect triste et lugubre. Mais, auprès d'Ambacca, la campagne reprend des couleurs plus riantes, la fertilité renaît, de beaux pâturages nourrissent de nombreux troupeaux de bœufs, et de riches plantations environnent les cases des naturels.

A Pungo Andongo, des débris de substances volcaniques et la forme bizarre et tourmentée de certains rochers, annoncent l'action des volcans.

Cette station laissa de tristes souvenirs à M. Douville. Son épouse eut une nouvelle attaque de fièvre plus cruelle que la première. Lui-même en fut atteint, et, dans un remède qui lui fut administré, on glissa du poison. Il fut quelque temps dans un état désespéré; enfin un vomissement le soulagea et il échappa à cette crise. Cinq mois s'étaient à peine écoulés depuis qu'il avait entrepris son voyage, et il avait déjà éprouvé tant de fatigues, de contrariétés et de maux, qu'il perdait souvent l'espoir de revoir jamais sa patrie. Aussi ne négligeait-il aucune occasion d'envoyer ses cartes, ses manuscrits et ses récoltes d'histoire naturelle à son correspondant de Loanda, avec ordre de les expédier en France, s'il devait succomber dans son entreprise. Graces à cette précaution, les fruits de sa pénible excursion n'eussent pas été complétement perdus pour son pays.

Le 17 juin 1828, M. Douville traversa le fleuve Couenza sur une méchante pirogue qui ne pouvait contenir que deux personnes à la fois. Il en résulta qu'il fallut une journée entière pour opérer le transport de la caravane, alors composée de deux cent quatre-vingts personnes. Désormais notre voyageur se trouvait au milieu des nègres indépendans, et sa position allait bien changer, car au lieu d'avoir à traiter avec des chefs humbles et façonnés depuis long-temps au joug des Portugais, il allait avoir affaire à de petits despotes fiers, cupides et insolens.

Entre Biringa et Calunga Cavungi, on trouva une station où une famille passait son temps à prendre des rats pour les vendre aux passans; ce qui a fait nommer cet endroit *Itanda Mabengu* (Marché aux Rats). M. Douville fit préparer quelques uns de ces animaux pour sa table, et trouva ce mets fort délicat.

A Bambia Cavungi, capitale du Haco, M. Douville eut déjà lieu d'éprouver les tristes effets de la cupidité des chefs indépendans. Bon gré malgré, il fut obligé de s'exécuter, et ce ne fut qu'à force de largesses qu'il put enfin obtenir quelque repos. Le peuple de Haco a tout-à-fait secoué le joug des Portugais, et le *soba* (titre de dignité) actuel ne craint pas de se porter souvent, contre les blancs, à des actes d'hostilité déclarée, qui restent toujours impunis.

C'était à Megna Candouri que le coup le plus douloureux devait frapper le cœur de M. Douville. Succombant enfin aux atteintes réitérées d'une maladie cruelle, madame Douville rendit le dernier soupir entre les bras de son mari. Celui-ci fut obligé de laisser sur une terre sauvage les restes inanimés de sa compagne. Honneur à la mémoire de cette femme courageuse et dévouée! Puisse un jour un monument durable consacrer la place où reposent les cendres de cette victime de l'affection conjugale!

Ce passage de la relation de M. Douville est d'un intérêt

touchant. Il est obligé de surmonter les traits acérés de la douleur la plus légitime et la plus profonde, pour assister aux honneurs que les naturels veulent rendre aux mânes de son épouse. Ces honneurs sauvages furent loin d'être désintéressés : ils donnèrent lieu aux demandes les plus exagérées, aux importunités les plus fatigantes. Rien ne pouvait assouvir la cupidité de ces hommes grossiers. Ces vexations firent sortir notre voyageur de sa modération habituelle. Heureusement, les noirs, satisfaits enfin par les présens qu'ils reçurent, ne donnèrent point de suite à leur ressentiment. Ces gens étaient d'ailleurs excusables jusqu'à un certain point, si leurs procédés barbares étaient autorisés par les coutumes du pays.

Le soba de Tamba voulut aussi, sous les prétextes les plus absurdes, rançonner notre voyageur. Les menaces et l'attitude résolue de son hôte le rendirent un moment plus raisonnable. Toutefois, M. Douville, par prudence, fut souvent obligé de fermer les yeux sur les procédés indignes du chef noir, et d'endurer, sans se plaindre, les avanies qu'on lui faisait.

Dans l'état de Tamba, Muta Calumbo, Quibuco et les Zambi sont les divinités les plus vénérées. Au moindre revers, les noirs courent chez le magicien, qui leur fait boire une coupe de l'infusion d'une plante nommée *Quibechi*. Ce breuvage procure une sorte d'ivresse, véritable félicité de ces peuples. M. Douville en a bu plusieurs fois et ressentait ensuite une sorte d'exaltation nerveuse, accompagnée d'une sensation agréable, qui se terminait par l'oubli de toute espèce de soucis, et finalement par le sommeil. Ces devins avaient-ils conservé le fameux *nepenthes* d'Homère ? Ce qu'il y a de plus remarquable chez ces barbares, c'est que leur obéissance aux préceptes de leur religion l'emporte même sur leur gourmandise, quelle que soit la privation qui en résulte pour eux.

De Tamba à Baïlundo, le terrain s'élève constamment ; ce dernier point est à une hauteur de onze cent soixante-six toises au dessus du niveau de la mer. Le pays est fertile, les habitans vigoureux, bien faits, industrieux, braves jusqu'à la témérité, mais fourbes, méchans, cruels et ivrognes. Ces noirs exploitent les fragmens ferrugineux épars sur leur sol, et savent en fabriquer des houes et des haches, qu'ils échangent au loin contre des étoffes. Le scorbut exerce ses ravages dans cette contrée, et sa présence doit s'attribuer à l'usage immodéré de la viande séchée et salée.

Baïlundo est situé près des sources de l'Inhandagna, à près de 250 milles de la mer. De ce point, notre voyageur fit route vers Benguela. Il passa successivement à Quibul, à Quissange, dont les hauteurs sont riches en fossiles, pétrifications et empreintes diverses de poissons. Il ne passa que deux jours à Benguela pour acheter les marchandises nécessaires à la continuation de son voyage; puis il opéra son retour à Quissange, d'où il se dirigea vers le Bihé. Après avoir longé durant quelques jours le fleuve Catumbéla, il arriva sur les domaines du soba de Nano. Ses sujets sont grands, robustes, bien faits, chasseurs infatigables, grands ivrognes, irascibles, pillards et vindicatifs. Les naturels de Quiaca les surpassent encore en malice, et sont en outre insolens et menteurs, tout en se faisant remarquer par leur profond respect pour les morts.

Après avoir passé par les Banzas, ou villes de Quibandu, Quiberu, Quipeto, M. Douville entra dans la banza du soba du Bihé, située par la lat., 13° 26' S., et 17° 22' de long. E., à plus de mille toises au dessus du niveau de la mer, et à trois cent soixante milles de la côte. Le Bihé est un des grands entrepôts d'esclaves de cette partie de l'Afrique; chaque année on en amène au marché six mille environ, dont les trois cinquièmes sont du sexe féminin. De là ils sont expédiés par les mulâtres livrés à cet odieux trafic, pour Angola ou Benguela.

Les habitans du Bihé sont guerriers, et passent une grande partie de leur temps en excursions sur les terres de leurs voisins pour se procurer des esclaves : ils sont aussi passionnés pour la chasse. Leurs divinités principales sont celles de l'amour et de la chasse; la première, nommée *Hendé*, a la prééminence; c'est elle que les jeunes époux vont consulter avant de former des nœuds intimes; c'est aussi dans son temple que le mariage est consommé, si le prêtre et la prêtresse font une réponse favorable. La prêtresse répond au jeune homme, et le prêtre à la jeune fille; dans la nuit suivante, une victime est sacrifiée pour appaiser la colère des esprits malfaisans; puis, les fêtes qui succèdent à cette cérémonie durent huit jours entiers.

Les Bihens, naguère sujets du souverain du Humbé, refusèrent de marcher avec lui au secours du roi d'Angola, en guerre avec les Portugais. Le roi du Humbé Jéniné voulut faire exécuter ses ordres par la force des armes; mais il fut défait et contraint de reconnaître l'indépendance des Bihens, qui se constituèrent en état particulier. Depuis ce temps, leur bravoure et leur modération envers leurs ennemis vaincus en ont fait un peuple puissant, redouté et respecté de ses voisins.

M. Douville n'eut qu'à se louer des procédés du soba du Bihé, et les nègres qu'il en reçut pour l'accompagner jusqu'aux îles voisines étaient de beaux hommes, agiles, au regard fier, au maintien belliqueux. Protégé par une pareille escorte, il augura favorablement de la suite de son entreprise.

En quittant le Bihé, il dirigea ses pas vers le nord; les routes devinrent très difficiles, et des marais obstruaient souvent entièrement les chemins. A Canjungas et à Guengué, les sobas furent honnêtes, mais celui de Cabérabéra eut quelque envie de piller son hôte, et n'en fut détourné qu'en apprenant que plusieurs de ses compagnons étaient des sujets du redoutable soba du Bihé.

Depuis long-temps les forêts que la caravane était obligée de traverser étaient infestées de lions, de panthères et d'hyènes, contre lesquelles il fallait se tenir en garde; ces derniers animaux pénétraient quelquefois jusqu'au milieu du camp, malgré les grands feux qui brûlaient continuellement.

Mena est la dernière ville alliée du Bihé; on entre ensuite sur les états du Cutato. Près de Cagnala, le torrent du Cutato, roulant avec fracas ses ondes au travers de rochers amoncelés, fut traversé sur un pont, fragile, composé de quatre troncs d'arbres supportés par des pieux. Un seul homme peut passer à la fois sur ces ponts chancelans, larges au plus de deux ou trois pieds, et dépourvus de gardefous. Deux villages sont situés de chaque côté du torrent, une haine ouverte les divise, aucun ne veut réparer le pont, et bientôt il tombera en poussière.

Dans une peuplade indépendante, établie au pied du mont Cutato, l'homme n'a aucune idée de ce qu'il deviendra après sa mort; le corps enterré, tout est fini. Le tonnerre est redouté, non comme une divinité, mais seulement comme un ennemi dangereux, qui tue les hommes et étruit les provisions. La foudre est produite par le choc des esprits qui se battent, et ses éclats sont les armes de ces esprits qui tombent sur la terre. L'application d'un cataplasme formé avec les feuilles pilées d'une plante nommée *zoza*, paraît avoir un effet aussi rapide que merveilleux pour arrêter les suites de la brûlure la plus cruelle. M. Douville en vit l'efficacité sur un enfant qui avait reçu sur une de ses jambes une marmite d'eau bouillante.

Les monts Cutato une fois franchis, on arriva chez le soba Quinhé, qu'une insurrection prochaine menaçait de chasser du rang suprême, à cause de sa tyrannie; le soba de Quinjola passait pour être encore plus cruel, et avait juré une haine à mort à tous les blancs. Ses sujets tentèrent une attaque à coups de flèches sur le camp de M. Douville, mais une décharge de mousqueterie en jeta plusieurs à bas, et mit les autres en déroute. Cet exemple de vigueur intimida les habitans des autres villages, disposés naturellement à suivre l'exemple de ceuxde Quinjola.

Le soba de Cassondé dépend du souverain Cunhinga;

on y parle un dialecte du Bunda, qui diffère de celui du Bihé. Les habitans sont taciturnes, vindicatifs, inconstans dans leurs goûts, experts dans la connaissance des plantes vénéneuses, et s'en servent contre leurs ennemis.

Le dieu *Nanqui*, consulté sur l'accueil qu'on devait faire à l'étranger, répondit he. reusement, par l'organe de ses deux prêtresses, que l'étranger était un ami, et qu'il fallait se garder de lui faire du mal; autrement il eût été sacrifié. Dès la veille, notre voyageur avait eu la précaution de gagner l'amitié d'une des prêtresses par des cadeaux. Du reste, tout était prêt pour le sacrifice : billot pour l'exécution, coupe pour recevoir le sang de la victime, rien n'eût manqué à la fête que les assistans eussent couronnée en dévorant sa chair et se partageant ses esclaves et ses marchandises. L'intervention seule des prêtresses arrêta toutes ces dispositions. En sortant de ce village, la caravane fut attaquée dans la forêt voisine, par des noirs placés en embuscade; les assaillans furent repoussés avec perte, et l'on fit cinquante deux prisonniers, tant hommes que femmes et enfans, qui furent réduits en esclavage.

Malgré l'envie qu'il avait de se défaire de son hôte pour s'emparer de ses richesses, le soba de Cunhinga n'osa enfreindre l'oracle rendu par les prêtresses; il dut se contenter des présens qu'on lui fit. Quoique plus petits et moins courageux que ceux du Bihé, les noirs du Cunhinga sont bien faits et robustes; ils sont adonnés au vol et à la rapine, et sont toujours prêts à s'entrepiller eux-mêmes. Leurs cérémonies funéraires se font avec beaucoup d'appareil; les enfans sont tous circoncis une heure après leur naissance. Le dieu *Nguvulu Iénéné* est toujours consulté en cas de guerre; et la victime qui lui est offerte est quelquefois un homme.

Ces noirs empoisonnent leurs flèches avec le suc exprimé des feuilles du nangué; cet extrait ne communique aucun goût désagréable au breuvage auquel il est mêlé, mais il occasionne une mort presque subite. M. Douville en ayant fait prendre à des chiens, avec du jus de viande, ces animaux tombèrent raides morts avant d'avoir fini de manger.

Une once du bois nommé *Inka*, infusée durant quatre heures dans une demi-pinte d'eau bouillante, lui communique le goût d'un esprit de vin très fort, et en fait une liqueur enivrante. M. Douville en fit lui-même l'essai; ayant pris une cuillerée de cette infusion, il éprouva un étourdissement, des vertiges, et une pesanteur universelle qui durèrent plusieurs heures.

Le 1er octobre, on quitta la banza de Cunhinga; deux jours après, on traversa le Couenza. On longea ensuite les bords de ce fleuve, en se dirigeant à l'ouest. On passa par Hola Bambi, Bola Casache, et Bomba Catenda. Ici l'on s'arrêta quelques jours pour assister aux fêtes solennelles qui eurent lieu pour l'enterrement du chef qui venait de mourir, et pour la nomination de son successeur.

Après avoir visité tour à tour Quitache Canginga, Quibinda, Muta Lucala, Cabolo, Golambambé et Gola Quituche, on repassa le Couenza; on traversa le Gango, et l'on arriva chez Bambia Cavungi, chef suprême du Haco. Ce soba compte environ quarante mille sujets. Tout en ayant l'air d'accueillir amicalement M. Douville, en dessous il excita sans cesse ses esclaves à l'assassiner, et leur en ménagea les moyens. Peu s'en fallut que sa trahison ne réussît; M. Douville reçut plusieurs blessures, et n'échappa que par une sorte de miracle au sort qui lui était destiné.

Quelques jours après, on arriva chez le soba de Quigné; de sa résidence on aperçoit distinctement les flammes et la fumée qui jaillissent de la cime du mont Zambi, distant de quarante-cinq milles environ. *Zambi*, dans la langue du pays, signifie *esprits;* aussi les habitans regardent la bouche du volcan comme l'entrée des esprits dans l'autre monde. C'est aussi l'habitation de l'esprit malin, ennemi de l'esprit bienfaisant, et c'est dans cette montagne qu'il puise la foudre qu'il lance sur les hommes. Ce volcan inspire aux nègres une terreur superstitieuse, et ils se garderaient bien d'en tenter l'accès, de peur d'offenser les esprits qui y résident.

Malgré ses efforts, M. Douville ne put parvenir qu'à la troisième terrasse du mont Zambi, élevée de mille toises environ au dessus du niveau de la mer, et il estime à sept ou huit cents toises la partie du pic qui lui restait encore à gravir. A l'endroit où il s'arrêta, déjà le thermomètre ne marquait plus que 4° à dix heures du matin. Là cesse la terre végétale, le sol n'est plus formé que par un sable de lave assez compact, mais qui cède facilement en grains sous le choc du marteau. Des coquillages marins se trouvent mêlés aux matières vomies par le volcan. Les petits nuages blanchâtres qui couronnent sans cesse le sommet du Zambi sont formés par les fumées qui s'échappent de son cratère. Ce volcan est éloigné de plus de deux cent-quarante milles des rivages de la mer.

On traversa le Couenza devant le port Hunga. La conduite déloyale du régent de Pungo Andongo força M. Douville à jeter dans le Couenza plusieurs objets d'histoire naturelle, et un gros livre de plantes desséchées, qu'il ne pouvait emporter faute de pouvoir obtenir de cet agent portugais le nombre de porteurs nécessaire. Notre voyageur dit qu'il fit alors contre mauvaise fortune bon cœur; mais ce n'en dut pas moins être pour lui un sacrifice pénible, que d'être obligé de renoncer à des objets recueillis au prix de tant de souffrances et de tant de périls.

M. Douville prolongea encore quelque temps les rives du Couenza, près d'Andala Quiosa; il observa des stalactites et des concrétions fort curieuses. Le scorbut couvre de plaies hideuses les misérables habitans du Dombo Angongo; là, un noir avala une bouteille d'encre mêlée avec le vin de notre voyageur, il trouva cette liqueur excellente; mais il en mourut le lendemain, accusant ses dieux d'injustice de ce qu'ils le faisaient périr pour avoir volé un blanc, acte, suivant lui, très méritoire. A Nganga Quembi M. Douville trouva un asile chez un mulâtre établi dans ce lieu, et put s'y remettre un peu de la fièvre qui le tourmentait depuis long-temps.

C'est une femme qui est investie du pouvoir suprême à Dumbo, hommage authentique rendu à son sexe pour la bravoure que déploya jadis une négresse dans une guerre soutenue contre les peuples indépendans. Cette princesse habite une maison en pierres, possède de nombreux esclaves, et ses sujets vivent dans l'aisance.

A Cambambé, M. Douville fut bien accueilli par le gouverneur de la province, Pedro José de Bensa, qui lui procura tous les moyens de se rendre avec ses bagages jusqu'à l'embouchure du Couenza.

On ne fit que passer à Dondo, lieu jadis célèbre par son marché d'esclaves, et l'on s'embarqua dans cinq canots sur le fleuve. Dans les environs de Massanganô, aussitôt le soleil couché, des exhalaisons sulfureuses sortent de terre, si fortes qu'elles en gênent la respiration, et ne cessent qu'au soleil levant. Les personnes qui se promèneraient de nuit dans la campagne, auraient le matin la figure entièrement colorée d'une teinte jaune verdâtre. Le gros bétail ne peut prospérer dans ce canton, à cause des nombreuses herbes vénéneuses qui y croissent; il enfle tout de suite, et périt en proie aux tourmens d'une soif que rien ne saurait apaiser.

La richesse du soba Cutala consiste dans le sel qu'il extrait des mines situées sur son territoire, et qu'il vend aux habitans du royaume d'Angola. M. Douville visita ces mines ou plutôt ces montagnes de sel qui sont immenses. Les noirs taillent cette substance en morceaux de dix pouces de long sur un pouce de diamètre, et terminés par deux pointes. Ces bâtons de sel servent de monnaie courante dans tout l'intérieur de l'Afrique.

On passa à Quisama, Muxima, Quimané, Bumbi, et à Muéné Bumbi, ville grande et peuplée. Dans cette province, le tronc énorme de *l'Imbondero*, creusé dans l'intérieur, sert de citerne aux habitans. D'autres fois il sert de cachot et de tombeau aux malheureux que l'on y précipite et qu'on y laisse mourir de faim.

La montagne de Muené Rungé offre des améthystes, des cornalines et des agathes. On trouve dans les ravines beaucoup d'ossemens fossiles, et d'empreintes de poissons sur des feuillets de schiste. M. Douville recueillit des grains d'argent dans un torrent qui n'est alimenté que dans la saison des pluies.

Notre voyageur fut obligé de céder le reste de ce qu'il possédait au soba Camongoa, jusqu'à son gilet, sa cravatte et son pistolet, pour obtenir des vivres pour ses porteurs et un guide qui le ramenât au Couenza, où il rejoignit les bateaux chargés de ses bagages. Peu de jours après, il fut de retour à Loanda.

M. Douville ne prit que le temps nécessaire pour rétablir sa santé et terminer les apprêts du second voyage qu'il méditait. Il fut obligé d'employer la ruse pour cacher ses desseins au capitaine-général qui paraissait déterminé à s'y opposer. Il feignit de s'embarquer pour Rio de Janeiro, et se fit déposer à Ambriz, d'où il s'élança vers l'intérieur de l'Afrique.

D'Ambriz M. Douville se rendit immédiatement chez le soba Mani, établi sur les bords du Logé, qui se comporta avec honnêteté, bien que les nègres de la côte soient en général méchans, fourbes, menteurs, avides et pillards.

Sur la route de Mani à Mani Luaïnica, deux panthères se précipitèrent sur la caravane; l'une fut terrassée par le nègre qu'elle avait attaqué, l'autre prit la fuite. Le soba Mani Luaïnica fit tout ce qu'il put pour piller les bagages de son hôte, et le fit même attaquer par ses sujets; mais l'adresse et la vigilance de M. Douville le sauvèrent de ce pas.

Les habitans de Sambo ont pour fétiche principal le serpent qu'ils regardent comme le dieu de la fourberie; aussi ces reptiles fourmillent dans leur pays. On les laisse monter partout et manger ce qu'ils veulent, sans leur faire de mal.

M. Douville rencontra un jour un boa en train d'avaler un agneau ; il le tua et reconnut qu'une partie de la chair de l'agneau était déjà putréfiée, tandis que celle qui était encore entre les dents du reptile était saine, bien qu'elle ne fût pas séparée du reste du corps.

On remonta quelque temps le Logé, et l'on arriva chez le soba Zala. Ici chacun peut placer sur la tombe d'un mort un emblême quelconque, pourvu qu'il en explique le sens. Une figure de serpent en bois marque la fourberie; une tête de lion, la force et le courage; de panthère, la férocité; de singe, la méchanceté; la trompe de l'éléphant, un homme spirituel; la fourmi, un voleur; l'abeille, un homme industrieux; un chien, un homme disposé à enlever les femmes d'autrui, etc. Ces emblêmes ne sont-ils pas de vrais hiéroglyphes matériels?

Ayant appris que le titre de marquis indiquait en Europe un haut personnage dépendant d'un souverain plus puissant, le chef de Pemba, dépendant du potentat de Bamba, a voulu être marquis, pour donner une plus haute idée de son importance. Ce marquis de nouvelle création reçut son hôte avec toute la pompe qu'il put imaginer. Ses sujets sont paresseux et cruels, et les femmes sont petites, mal faites, sales, puantes, et propres seulement à inspirer le dégoût.

Il fallut traverser ensuite trente lieues de forêts et de montagnes entièrement inhabitées. Le second jour du voyage un des porteurs mourut, ses camarades l'inhumèrent avec les cérémonies requises; mais la nuit suivante, sept panthères vinrent déterrer son corps et le croquèrent à belles dents. Des hyènes qui attendaient que les panthères eussent terminé leur repas, trouvant leur part trop maigre, allaient se précipiter sur le champ; M. Douville en abattit une d'un coup de fusil, les autres prirent la fuite.

L'épervier unicorne est commun dans ces contrées; il fait sa nourriture des petits singes qu'il surprend dans leur sommeil; il leur enfonce sa corne dans le dos, leur crève les yeux, les achève à coups de corne, et emporte sa proie dans son trou pour la dévorer à son aise. Cette corne lui donne le moyen de se défendre avec avantage, même contre l'aigle qui est bien autrement fort que lui.

Le duc de Quina, car ici on se donne du duc, enchérit encore sur la pompe du marquis de Pemba. Un grand personnage de l'État suivi d'une foule nombreuse vint recevoir M. Douville à un quart de lieue de la Banza. Chaque noble portait sa marque de distinction; celles du souverain étaient une tête de mort au bout d'une pique et une dent d'éléphant portée par quatre hommes. La première indiquait la terreur qu'inspirait à ses ennemis le noble duc, et la dent était l'emblême de sa souveraineté. Le duc lui-même, ombragé d'un immense parasol en soie rouge, s'avança vers M. Douville, lui prit la main et daigna l'appeler *son frère*.

Une grande fête eut lieu pour célébrer l'arrivée de notre voyageur. Celui-ci avait eu la sage précaution de graisser la patte du grand-devin; aussi ses augures furent on ne peut plus favorables à l'étranger.

A Quina, divers arbres sont consacrés aux dieux; ce serait un crime de s'asseoir et même de s'arrêter sous leur ombrage: des signes particuliers les font reconnaître, et la figure du dieu auquel ils sont consacrés est gravée sur leur écorce. Il est bon de remarquer que la dignité ducale est à la nomination du peuple, qui désigne d'ordinaire le second de l'État.

En sortant de Quina, on traversa d'abord une forêt très épaisse, puis un désert aride, couvert d'un sable très fin; on passa le Ho près Lucango: un second désert de sable plus vaste que le premier, suivi par d'immenses marais, rendit la marche de la caravane très pénible. On passa le Logé à son confluent avec le Cacango; on prolongea la croupe des monts Pemba appartenant aux terrains de transition; on franchit les monts Zala, formés par des micaschistes quelquefois remplis de grenats, et l'on arriva à Mazenzala, dépendant du roi de Ginga.

Le magicien avait été oublié par M. Douville; aussi un sinistre présage allait lui préparer un mauvais sort, s'il ne se fût empressé de réparer sa coupable négligence. Le magicien déclara qu'il fallait consulter une seconde fois les dieux; cette fois leur réponse fut très favorable, et la bonne intelligence fut rétablie.

On vit successivement Cobigé, Muénesa, Riala, et l'on arriva devant Matamba, résidence du potentat de Ginga. Ce souverain a de deux cent cinquante à trois cents femmes; trois ou quatre cents gardes veillent continuellement autour de son palais, et tous les nobles doivent, à tour de rôle, venir prendre ses ordres.

Les peuples du Ginga ont le plus grand respect pour la mémoire des morts. Il est défendu sous de fortes amendes de dire du mal d'eux; les morts passent au nombre des esprits, et à cet état exercent une grande influence sur les actions des vivans. Ceux-ci ont donc le plus grand intérêt à se concilier leur bienveillance par tous les moyens possibles.

Les environs de Matamba offrent encore beaucoup de bananiers et de palmiers, mais ceux-ci disparaissent plus à l'est, à cause de la diminution de la température qui résulte de l'élévation du sol; ainsi ces arbres ne s'étendent qu'à quatre cents milles de la côte, dans cette partie de l'Afrique.

Le soba Quiçua fut honnête envers M. Douville, bien que ses sujets soient très cruels à l'égard des ennemis qui tombent entre leurs mains, et auxquels ils font subir les plus affreuses tortures. Les habitans de Bambi Séné sont méchans, voleurs, belliqueux et ivrognes. Sur les bords du torrent de Quiçua, on trouve des cristaux, de petits morceaux d'argent, et beaucoup de fragmens d'une gomme jaune et dure comme la pierre. Dans une excursion près de cette banza, M. Douville vit deux serpens de douze pieds de long, d'un bleu violet, avec des écailles rouges sur le dos, et une tête fort grosse; il observa aussi beaucoup de caméléons, et recueillit un saurien qui paraît former une espèce et peut-être un genre nouveau.

On traversa le Malebu, le Cobigé et le Culunga. Les habitans de Ocuendessa attaquèrent la caravane à Cutucu Muquissila ; une première décharge en jeta vingt par terre ; néanmoins les autres continuèrent l'attaque ; l'affaire fut chaude ; enfin les armes à feu donnèrent la victoire à M. Douville. Plus de cinquante prisonniers restèrent en son pouvoir, et il en emmena trente-sept avec lui. Cette rude leçon rendit plus réservés les habitans des villages suivans, de Culunga et Cambaria, dépendant aussi du souverain Dalla Quiçua, aussi bien que ceux de Cuvundessa et de Magnumen.

A Mutueria Mulundu, on entra sur les états du puissant jaga de Cassange. Le chef de ce village, ceux de Quissunghila, de Mubenga et de Gusu se comportèrent bien, mais à une lieue de Gusu, la caravane fut de nouveau attaquée par les Ocuendessa, qui l'avaient suivie dans sa marche, et qui furent encore repoussés avec une perte de quatre prisonniers.

A Cassanci, M. Douville fut honorablement accueilli par Angongo Hiala, jaga de Cassange; il n'eut qu'à se louer de sa délicatesse et de la parfaite loyauté de tous ces procédés. Ce potentat est très puissant pour un prince nègre ; un grand nombre de chefs reconnaissent son autorité et lui paient tribut. Son arsenal contient deux mille fusils, deux ou trois cents barils de poudre, et plus de quarante mille cartouches. Il a plus de six cents femmes, et ne sort jamais qu'accompagné d'un grand cortége.

Cassange est le marché d'esclaves le mieux approvisionné de toute cette partie de l'Afrique ; le jaga en a continuellement plus de mille à sa disposition, et il en arrive des troupes nombreuses de la rive droite du Couango. Durant les quinze jours que notre voyageur passa en cet endroit, il en vit venir une troupe d'à peu près sept cents individus. Le prix d'un esclave est de cinquante beiramés, environ soixante francs.

Là, M. Douville assista à un sacrifice humain, offert par

le jaga à Lianguli, dieu protecteur de l'état. La victime eut la tête tranchée; le corps fut coupé en quatre, le sang offert aux dieux, et la chair rôtie fut distribuée aux assistans, qui la dévorèrent avec une joie qui tenait de l'ivresse.

La malheureuse victime destinée à figurer dans ces cérémonies barbares est enlevée sur le territoire d'un chef étranger; on la tient dans une ignorance complète sur le sort qui l'attend; au contraire, on la traite avec tous les égards et toute la distinction possible, et on lui fait croire qu'on la réserve à une haute dignité. Son illusion ne cesse qu'à l'instant même où elle reçoit le coup fatal; la peine de mort serait la récompense immédiate de quiconque tenterait de la désabuser.

Cassanci, située à six cent vingt milles de la côte, se compose de quinze cents cases de sept pieds de haut, sur huit de diamètre, ayant la forme d'une grande ruche, disposées sans ordre, et elle est entourée d'une forte palissade, pieux très rapprochés les uns des autres. Sa population est de six mille ames environ.

Le jaga refusa sèchement à notre voyageur les moyens de traverser le Couango, sous prétexte que les lois de l'État le lui défendaient. M. Douville fut obligé de dissimuler, et fit semblant de chercher les sources du Couango, et du Couenza. Un noble, ou *macouta*, qui avait souvent voyagé chez les peuples de l'intérieur, lui apprit que le Couango prenait sa source dans le pays des Regas, vers le 25me degré de long. E., et le 10me de lat. S. Le Couenza découle du mont Hélé, chez les Humbos, situé vers le 13e degré de lat. S., et le 24e de long. E. Les Regas et les Humbos envoient beaucoup d'esclaves sur la côte orientale de l'Afrique.

C'est à Cassanci que M. Douville eut les premières notions sur l'existence du lac Couffoua. En quittant cette ville, il expédia un mulâtre intelligent de sa suite, avec l'ordre de descendre le cours du Couango jusque chez

Holo Ho, pour constater si ce fleuve était bien le même qui porte à son embouchure le nom de Zaïre.

L'étendue du fleuve qui, devant Cassanci, ressemble à un lac, et le nom d'un village de Lunda, sur la rive septentrionale, a fait supposer à M. Douville que c'était cette double circonstance qui avait donné lieu au prétendu lac d'*Aquilunda*, placé sur diverses cartes, et dont le nom est inconnu dans toutes ces régions. De *iaqui* (c'est, voilà), et de *lunda* on aura fait *aquilunda*.

La nation des Jagas est également une fiction ou une méprise de certains écrivains; il n'existe point de peuple de ce nom. *Jaga* est un titre qui signifie chef militaire, comme *mouata* signifie roi; *ngana*, prince dépendant d'un mouata; *soba*, chef inférieur, *sobetta*, diminutif du précédent, et *macota*, qui désigne simplement un noble qui gouverne un village sous les ordres d'un soba.

Une autre méprise assez plaisante a eu lieu par rapport au mot *cabaso*. M. Douville, à l'exemple de divers voyageurs, avait d'abord pris ce terme pour l'équivalent de *village*, tandis que c'est tout simplement une épithète qui rappelle à la mémoire du nègre les plaisirs qu'il a goûtés avec les femmes du village auquel il lui plaît de l'appliquer.

L'escorte de M. Douville, à son départ de Cassanci, se composait de quatre cent soixante nègres; à Muquiama Samba, les exhalaisons sulfureuses du sol donnent une constitution maladive aux naturels. Le soba Hesso Asamba voulut faire l'insolent, mais il changea bientôt de ton en apprenant ce qui était arrivé aux habitans du Dalla Quiçua. Les noirs de Cahui ont une figure difforme, qui se rapproche, en quelque sorte, de celle des singes. Leur dieu principal est le soleil, la lune est son premier ministre, ses phases expliquent le degré de faveur actuelle dont il jouit près de son maître. Les éclipses de soleil sont occasionnées par une dispute du dieu avec son ministre, qui cherche à lui ravir le pouvoir.

Les habitans de Baka adorent aussi le soleil. Malgré la douceur de leur caractère ils sacrifient parfois des victimes humaines, et se partagent leur chair, le tout dans un sentiment religieux. La femme est en droit de requérir le divorce, si son mari ne remplit pas ses devoirs, au moins une fois en cinq jours; mais ce droit cesse une fois qu'elle est enceinte, comme lorsqu'elle a eu deux enfans. Si deux individus sont en procès, ils entrent dans le temple du dieu de la Vérité, où ils restent dans une obscurité complète: chacun met la main sur son autel; l'innocent sort sans danger; le coupable reçoit à la tête un coup si violent qu'il en meurt quelquefois. Le prêtre de ce dieu est d'une grande sagacité, puisque ses arrêts, tout rigides qu'ils sont, n'ont jamais excité de récrimination.

Le 10 juillet 1829, on traversa le Couango, près du village de Quitumba, et l'on débarqua à Zamba, situé sur l'autre rive du fleuve. Les habitans de ce village se montrèrent très défians, sans commettre néanmoins aucun acte d'hostilité ouverte. Le soba Camgo voulut faire le rodomont, mais fier de son escorte, M. Douville se moqua de ses menaces, et lui dicta à son tour des conditions. Le soba fut même obligé à se livrer en ôtage au blanc qu'il avait d'abord insulté. Cet acte de sévérité rendit les naturels de Quianginguilé plus souples; on put se rendre à Cuzuila sans accident, mais non sans avoir essuyé des fatigues inouies et de grandes privations, à cause des difficultés de la route.

Les peuples de Humé passent pour être féroces, avides de pillage et de chair humaine; ils mettent souvent leurs prisonniers à la broche tout entiers, en se contentant d'ôter les intestins. Pour être souverain chez eux, il faut présenter un bonnet couvert de deux cents dents humaines; dans les jours de fête, et à la guerre, ce bonnet lui sert de diadème. Ce chef ne se sert pour coupe que d'un crâne humain, et son palais est orné des ossemens de ceux qu'il a tués. Tout son espoir, pour l'autre monde, est de devenir encore un guerrier plus distingué.

D'après les renseignemens que M. Douville reçut du soba Cango, les états de Humé s'étendent jusque chez les Ruegas, leurs ennemis jurés. Les Ruegas reçoivent quelquefois la visite d'un peuple qui vient du sud, et qu'ils nomment *Biri*. Ce peuple n'est pas noir, mais seulement cuivré. Le nom du *Couango* vient de *coua*, ciel, et de *ngo*, eau, parce que la montagne où il prend sa source cache son front dans les nuages.

De Cuzuila, M. Douville se dirigea vers le lac Couffoua. La végétation s'appauvrit à mesure qu'on s'approche de ses bords, et, à deux lieues de distance, il n'en existe plus de traces; nul animal vivant ne porte ses pas dans ces lieux désolés. Le lac Couffoua, situé à huit cent soixante toises au dessus du niveau de la mer, est une véritable mer morte comme celle de la Palestine, mais qui en diffère essentiellement en ce qu'elle ne reçoit aucun affluent. Sa longueur est de soixante milles, et sa plus grande largeur de vingt-cinq milles. La surface de ses eaux est couverte d'une croûte épaisse de bitume, et leur température se maintient à 13°.

M. Douville fit le tour entier du Couffoua. Il rencontra, sur la rive orientale, une grande rivière qui sort du lac par une ouverture de cent pieds de large environ, et qui se dirige vers l'est. La température de ses eaux n'est que de 8°; elle reçoit bientôt d'autres torrens qui en augmentent beaucoup le volume. Deux autres ouvertures, sur la côte occidentale, donnent naissance à six cours d'eau plus ou moins considérables.

La hauteur moyenne des montagnes qui environnent le Couffoua, est de cent cinquante toises au dessus du niveau de ses eaux; leur largeur, à leur base, est d'environ une lieue, et à leur sommet d'un tiers de lieue; la pente extérieure est plus prolongée que du côté du lac. Tout annonce que le *Couffoüa* a été formé par l'affaissement d'un immense volcan, qui a vomi les matières environnantes, et les eaux sont venues occuper la place où fut jadis le cratère.

Le nom de *Couffoua*, que lui ont donné les naturels, signifie *mort;* ils ont appelé les montagnes qui l'environnent *Moulounda gia caiba risoumba*, littéralement, *Montagnes des mauvaises odeurs*, à cause des exhalaisons sulfureuses qui s'en exhalent. Dans leurs idées, ce lac est la résidence des esprits qui en défendent l'approche aux hommes, et entraîneraient, dans ces ondes, quiconque oserait y porter ses pas. M. Douville eut beaucoup de peine à vaincre la répugnance que ses porteurs éprouvèrent à le suivre jusqu'au bord de ce redoutable bassin.

Situé entre le 4e et le 5e degré de latitude méridionale, et sous le méridien de 25° long. E., ce lac singulier occupe à peu près le centre de l'Afrique méridionale; il est même un peu plus près de sa rive orientale que de la côte occidentale. Ainsi il se trouve au delà de cette longue chaîne centrale qui figure sur les anciennes cartes. Indépendamment de tous ses autres travaux, cette importante découverte suffirait seule pour immortaliser le nom de M. Douville.

Il suivit le cours du Bancora, en s'avançant vers le nord, et arriva à Casa, bourg dépendant du Ngana Mucangama, en proie à une fièvre violente qui s'était déclarée à la suite de son excursion pénible autour du Couffoua. Deux jours de repos et de traitement calmèrent la force du mal, puis il se rendit à Muriatu, où l'attendait le reste de sa suite, et dont le chef ne lui suscita aucune chicane.

Après avoir franchi péniblement une chaîne de montagnes élevées à seize cent quarante-six toises au dessus du niveau de l'Océan, on coucha à Casa, puis on passa par Ibandu, où la fièvre reprit M. Douville. Il était très malade en arrivant à Mucangama, et resta quelques jours dans l'état le plus alarmant. En outre, il eut la douleur de voir plusieurs des nègres qui lui étaient le plus attachés, enlevés par cette funeste maladie.

Le Ngana Mucangama fut très bienveillant envers notre voyageur. Il prenait plaisir à l'interroger sur son pays et ses coutumes, et ne pouvait concevoir que le fils d'un souverain succédât de droit à son père. Pour justifier sa surprise et montrer l'absurdité de cette loi, il montrait ses deux fils, auxquels la nature avait refusé toute espèce de capacité. Cependant cette loi avait aussi existé chez lui; son père l'avait abolie et avait déclaré que le talent seul appellerait désormais un chef au pouvoir suprême. Encore, en toute occasion importante, le ngana doit consulter son peuple avant de prendre une décision. Voilà donc, au centre de l'Afrique, un peuple de noirs sur la véritable route du progrès!

Ici encore le soleil est au premier rang des dieux et est nommé le dieu bienfaisant; la lune est son premier ministre, et les étoiles ses gardes. Le tonnerre est le dieu du malheur, qui lutte souvent contre le dieu bienfaisant; quand la foudre tombe, c'est un de ses soldats qui a été vaincu et précipité sur la terre, où, dans sa chute, il fait encore tout le mal qu'il peut. La pluie est une preuve de l'affection du dieu bienfaisant.

M. Douville découvrit une mine de plomb dans ce canton, ce qui fit grand plaisir au ngana et à ses sujets, qui, aidés par les leçons de leur hôte, coulèrent sur-le-champ des balles, et fabriquèrent divers ornemens à leur usage.

Le 1er septembre on s'éloigna de Mucangama; peu après on se trouva chez le soba Ngamba, où l'on fut bien accueilli, mais où l'air est très insalubre à cause des exhalaisons bitumineuses qui sortent de terre durant la nuit. Six noirs moururent dans la première nuit de l'arrivée, et plusieurs autres tombèrent dangereusement malades. On se hâta de quitter cette funeste station.

A Quiamba, la salubrité de l'air, l'abondance et la bonne qualité de l'eau et des vivres rendirent la santé aux malades. Là, on reçut des envoyés de la reine des Molouas, qui voulait connaître le motif du voyage de M. Douville, et qui paraissait fort inquiète sur ses véritables intentions. Sur la réponse de l'étranger, permission lui fut accordée d'entrer dans le territoire des Molouas. A son arrivée à Tandi-a-Voua, il fut traité avec la plus haute distinction. La reine, âgée de douze ans, était bien faite et fort jolie; elle adressa à son hôte des questions qui annonçaient un esprit fin et délié, et fut enchantée des présens qu'elle reçut.

Cependant en lui voyant un papier à la main dans les rues, les nobles prirent M. Douville pour un sorcier qui conspirait leur perte; il y eut fermentation dans le peuple, et il était déjà fortement question de le sacrifier et de partager ses biens. Averti à temps, il réussit à se justifier près de la jeune reine; elle but l'*Attilima* avec lui, et tout fut arrangé.

La ville de Tandi, qui peut contenir quinze mille ames, est vaste et bien tenue; les rues sont larges, bien alignées, et soigneusement arrosées pour faire tomber la poussière. Une police régulière y est entretenue; les maisons bâties en briques cuites au soleil, ou en pieux avec un recrépissage de mortier, sont propres et accompagnées de cours et de jardins bien cultivés.

Cette ville est située par 1° 30' lat. S., et 24° 48' long. E., à près de cinq cents milles de la côte occidentale d'Afrique.

Les Molouas sont grands, bien faits, robustes, alertes et fort industrieux; ils savent travailler le cuivre, tailler les pierres fines, et pratiquer avec goût la menuiserie.

La reine des Molouas ne rend visite qu'une fois en quinze lunes à son mari le *mouata*, qui réside à Yanvo, distant de près de quatre-vingts milles de Tandi; car ce n'est qu'à cette époque que les dieux sont favorables à la procréation; mais le roi envoie quelquefois à son épouse des messagers qu'il autorise à vivre avec elle un certain nombre de jours. Du reste, ce ne sont point les enfans du roi qui lui succèdent, mais bien ses neveux, à moins qu'ils n'aient démérité.

Le mouata parut d'abord fort irrité contre M. Douville de ce qu'il avait osé entrer dans son royaume avec une chaussure, et de ce qu'il avait séduit la raison de la jeune reine, et il se préparait à lui faire un mauvais sort. Un présent magnifique appaisa son courroux, et il reçut le généreux étranger avec la plus haute distinction dans sa capitale d'Yanvo.

Cette ville, située presque sous l'équateur, n'a pas moins de sept lieues de tour, et contient cent mille habitans, d'après le rapport du mouata; mais seulement quarante mille, d'après la supputation de M. Douville. Deux forts entourés de hautes murailles la défendent. Le marché aux esclaves est très vaste; la promenade du Cubitabita, composée de quatre rangées d'arbres bien alignés et de bosquets de distance en distance, n'a pas moins d'une lieue de long sur un quart de lieue de large; le palais du mouata est vaste, et offre une sorte de magnificence sauvage : huit cents hommes y montent chaque jour la garde. Le *bagni agattu* ou harem contient sept cent quatre-vingts femmes; mais elles ne vont au palais que lorsque le mouata les fait demander.

Les mines de cuivre, que M. Douville visita avec le mouata, sont riches, et le métal est d'une qualité supérieure. Une grande activité règne dans les forges; mais, faute de connaissances nécessaires, les résultats en sont peu satisfaisans. Notre voyageur gravit au sommet du mont Zambi, élevé de deux mille quatre cent cinquante-sept toises au dessus du niveau de la mer, et qui se trouve être un nœud dont les ramifications se dirigent de tous les côtés de l'horizon; sa cime est dénuée de végétation et consiste en rochers nus. C'est encore une de ces montagnes sacrées, habitées par les esprits, et dont les noirs n'osent approcher. M. Douville visita ensuite le désert Tandi, qui se trouve sur la ligne de partage des eaux; de deux rivières qui y prennent leur source, à moins de deux lieues de distance l'une de l'autre : l'une, l'Agattu, coule vers l'est; l'autre, le Hogiz, se dirige à l'ouest. Dans les montagnes voisines d'Yanvo, on trouva des roches où l'or était assez abondant, ce qui causa une vive satisfaction au mouata; mais l'affection et la haute estime de ce souverain pour son hôte faillirent devenir funestes à celui-ci, en ce que le prince nègre paraissait déterminé à le conserver chez lui à tout prix.

Les détails que donne M. Douville sur les mœurs et les coutumes des Molouas sont d'un vif intérêt, et doivent être lus dans son ouvrage.

A Yanvo, M. Douville vit les deux chefs de caravanes qui apportent chaque année les tributs envoyés au mouata par les Quilimané et les Cazembé, peuples voisins de la côte orientale d'Afrique. Il leur faut quatre-vingts jours pour venir de chez eux chez le souverain des Molouas; sur leur route, ils traversent beaucoup de rivières; mais une seule, qui vient du nord, le Zamzé, est large et rapide. Il n'y a aucun lac; suivant ces étrangers, la rivière qui sort de la rive occidentale du Couffoua se dirige au N. E., et ils la traversent sur un pont dans le pays des Xagmez, peuple tributaire du mouata, et situé à l'est des Molouas.

Le perfide Mouata voyant, malgré ses instances, M. Douville décidé à le quitter, pour l'en empêcher tenta d'empoisonner tous ses porteurs; onze de ces malheureux périrent pour avoir bu du *oualo* (liqueur du pays), qui avait été envoyé par le roi. L'unique ressource de M. Douville fut de séduire par de riches présens les prêtres du dieu du Tonnerre. Ils rendirent un oracle en sa faveur. Tout en pestant contre les prêtres et contre leurs oracles, le roi fut obligé de s'y soumettre et de consentir au départ de son hôte.

Dans une forêt entre Cuzangalessa et Riambu, la caravane fut accueillie par une nuée de flèches; on répondit par une décharge d'armes à feu qui coucha sur le carreau bon nombre des assaillans, et refroidit l'ardeur des autres.

Le soba de Cotulaz, pour obéir aux ordres de son chef le mouata, voulut s'emparer de M. Douville, et le menaça de l'attaquer dans la forêt, où les fusils lui seraient moins utiles. Notre voyageur, poussé à bout, et ne voyant pas d'autre moyen pour prévenir un pareil danger, fit mettre le feu à une portion du village de cet insolent soba; celui-ci s'avança avec trois cents hommes, armés d'arcs et de flèches; mais trois décharges de mousqueterie en mirent plus de cinquante hors de combat, et les autres s'enfuirent épouvantés. Nécessité fut au soba de se soumettre et de livrer vingt otages à M. Douville qui s'empressa de poursuivre sa route.

A Amendolaz, on entre sur les terres du Mouené-Haï, où la langue Abunda cesse d'être entendue et fait place à celle de Bomba. Après avoir traversé divers villages dont les habitans se montrèrent plus ou moins avides et hostiles, et contre lesquels il fallut souvent employer la force des armes, on arriva enfin à Mouené Haï, situé par 1° 53' lat. N. et 23° 3' long. E.

Ce fut là le terme des progrès de M. Douville dans l'intérieur de l'Afrique. Il se trouvait déjà à près de mille milles de Loanda en ligne droite, et dans des régions où nul Européen n'avait pénétré avant lui. Il se flattait pourtant de l'espoir de pousser encore beaucoup plus loin ses recherches, et même de revenir en Europe par l'Égypte; mais l'impitoyable fièvre vint de nouveau l'assaillir et le réduisit au dernier degré d'affaiblissement. D'après les conseils du Mouené Haï, il voulut se rendre à Bomba, situé à quarante lieues plus au nord, et dont on lui vanta l'air salubre; mais il fut obligé de s'arrêter en vue même de cette ville sur les bords du fleuve Kilihé. Il avait complétement perdu ses forces, il n'était plus capable d'aucun travail, et il ordonna à ses porteurs de le ramener à Mouené Haï. Peu à peu ses forces revinrent, toutefois sa santé resta très précaire; il perdait l'un après l'autre ses porteurs qui succombaient aux atteintes de la maladie, et il lui fallut songer sérieusement au retour. Il prit congé du *montox* (mot qui remplace le *ngana* du Bunda, comme *toké* répond à *soba*). Ce chef avait eu pour son hôte les attentions les plus délicates, et sa conduite bienveillante se soutint jusqu'au dernier moment.

M. Douville quitta donc Mouené Haï le 8 décembre 1829. En traversant Quizucamaz, une flèche empoisonnée avec le suc du *larina*, vint percer le haut de son *tipoï* ou palanquin. Le *larina* est un poison qui donne presque instantanément la mort. Quatre jours après on arriva à Samouené Haï dont le montox était cousin de celui de Mouené Haï.

Ce montox accueillit très bien M. Douville, mais ayant fait des libations trop abondantes avec le tafia qu'il reçut en présent, il tomba ivre mort; ce qui fit craindre un moment à ses nobles qu'il n'eût été empoisonné. A peine M. Douville venait de se justifier de ce crime qu'il en commit un autre qui eut des suites bien plus funestes. Un énorme serpent allait se précipiter sur lui, et il eut besoin de toute sa présence d'esprit pour lui percer d'abord le ventre d'un coup de pistolet, et l'achever ensuite à coups de sabre. Mais le serpent était le dieu du pays; les prêtres crièrent au sacrilége et ameutèrent le peuple. Malgré l'amitié et la protection du montox, force fut à M. Douville de se remettre à la discrétion des prêtres. Il fut confiné dans un cachot, les mains et les pieds placés dans des sabots de bois, de manière à ne pouvoir remuer, et resta huit jours dans cette position, ne recevant chaque jour sa maigre pitance que d'un nègre sourd et muet.

Heureusement l'interprète put pénétrer dans son cachot; d'après les ordres de son maître, il gagna les prêtres par de riches présens. M. Douville fut conduit à l'échafaud, pour la forme, et, devant la foule assemblée, l'un des prêtres se déclarant inspiré, annonça que « l'étranger était « l'ami du dieu de la Foudre, *Gané-Tinaï*, et qu'il n'avait « tué le dieu de l'état qu'à son corps défendant, qu'en con« séquence on ne devait point chercher à lui faire du mal, « et que *Gané-Tinaï*, irrité contre ceux qui avaient de« mandé sa mort, réclamait un sacrifice pour l'appaiser. »

A ces mots chacun s'enfuit, et M. Douville fut mis en liberté. Mais il avait beaucoup souffert de sa longue reclusion, sa convalescence fut lente. Pour surcroît de malheur, au moment de partir, une maladie endémique, nommée *ozubolaz*, lui enleva plusieurs de ses porteurs et il en fut lui-même frappé. Les symptômes de ce fléau sont un accablement général dans tous les membres, auquel succède un dégoût marqué pour toute espèce d'aliment, et une soif ardente, avec répugnance de toute sorte de liquide autre que des boissons enivrantes ou très acides. Enfin l'estomac se gonfle et refuse toute alimentation; le reste du corps enfle aussi, et l'on tombe dans une torpeur suivie d'un anéantissement complet et de la mort. La décoction de *Panda*, ou quinquina africain, sauva M. Douville et ceux de ses noirs qui suivirent son exemple, tous les autres périrent au milieu d'affreux tourmens.

Le 6 janvier 1830, on passa à Zamgaz, puis à Cuzuelessaz, dont les prêtres, préparés par les présens de l'étranger, signifièrent au peuple, mal disposé pour lui, qu'il fallait bien se garder de lui faire du mal. Les habitans de Imbiz furent tellement surpris à la vue d'un blanc, qu'ils étaient plus disposés à l'adorer qu'à lui nuire. On passa le Sala près de Cutaguelessaz. Sur les bords du Hogiz, une nuit, une troupe de lions et de panthères s'élança dans le camp, et mit en pièces sept noirs avant qu'on eût eu le temps de les repousser.

En arrivant à Missel, chef-lieu du souverain de Sala, M. Douville était retombé dans un grand état de faiblesse; il craignait souvent de voir sa fin arriver, et il ne pouvait plus faire d'observations. Dans cette triste perspective, quels regrets ne devait-il pas éprouver en songeant que d'aussi beaux travaux pouvaient demeurer à jamais ignorés!.. Car on songe à peine à la mort pour elle-même en pareille circonstance; mais qu'il est triste, qu'il est poignant de voir en un instant anéantis les droits que l'on croyait avoir acquis au souvenir et à l'estime des hommes, quand on sent qu'on a mérité l'un et l'autre! Il n'appartient qu'à ceux qui ont passé par ces cruelles épreuves d'en apprécier toute l'amertume. Ceux qui travaillent paisiblement au coin de leur feu à l'édifice de leur réputation, ceux qui se dévouent aux brillans travaux de la tribune et du barreau, ceux même qui poursuivent la gloire sur les champs de batailles, ne peuvent s'en faire aucune idée.

Missel est entourée de fortes palissades, et son étendue est considérable, bien que sa population soit médiocre. Sur une grande place, près d'une petite cabane, M. Douville vit beaucoup d'ossemens et de crânes humains suspendus à des pieux rangés en ligne, mais il ne put connaître dans quel but ils étaient ainsi placés.

Les habitans des rives du Hogiz attrappent le poisson en l'étourdissant avec le *solaz*, plante dont l'odeur est très forte, et dont le poisson est fort avide. A Cuzumbissaz, la diarrhée se mit dans la caravane. Les habitans de Quilungix se montrèrent très affables. On traversa encore une fois le Hogiz, et l'on gagna Ibucumuama, en suivant le lit d'un torrent. Les habitans de Jinga firent d'abord mine de s'opposer au passage de la caravane, mais ils se tinrent sur la défensive.

La langue abunda commence à être employée de nouveau à Maleattu. Près Cusotessa, on traversa la rivière de ce nom, puis le Riambegi, qu'on avait vu sortir du Couffoua, devenu ici une rivière large, profonde et rapide. Il fallut faire violence au chef de ce village et à ses gens, qui se refusaient à laisser passer la caravane. Le chef de Quilamba ne paraissait pas avoir de meilleures dispositions; mais comme il était plus puissant, on lui échappa par la ruse. La conduite des habitans de Polu fut paisible et amicale; M. Douville fut traité comme un ami des dieux. Dans les états de Ho, le mouton est un animal sacré, et ce serait un crime que d'en tuer.

Les noirs de Libamba sont laids, difformes, et leurs membres sont fort grêles. En outre, ils sont poltrons, menteurs, bavards et curieux. Les montagnes voisines semblent avoir subi quelque révolution.

A Oquigenda, il fallut beaucoup de vigilance pour éviter d'être pillés par les naturels; en sortant de ce bourg, on tomba dans une embuscade qu'ils avaient dressée, et ils furent repoussés avec perte. On fut bien accueilli par le chef Cango. Bien que sa ville soit dans un air pur, les femmes en sont sujettes à une éruption cutanée, périodique, qui dure de trois à quatre jours.

D'Oquigenda à Seta, le voyage fut très pénible, à travers des forêts presque impraticables, ou des déserts d'un sable mobile, qui entre dans les yeux et cause des ophthalmies cruelles. On se dédommagea à Seta d'une longue abstinence de viande, en se régalant de la chair des rats que les habitans ne mangent point.

Les naturels de Quiamuaïca étaient disposés à faire un mauvais parti à notre voyageur, et ne furent arrêtés qu'en apprenant qu'il était autorisé par leur chef suprême. Cette raison n'empêcha pas ceux de Bancora de l'attaquer près de leur village. L'affaire fut sanglante : le chef des assaillans fut tué, plusieurs autres restèrent sur la place, et quinze tombèrent au pouvoir de M. Douville, qui les conduisit à Cancobella. Il fut bien accueilli par le souverain de cet état, bien qu'il soit très sévère, et que ses sujets soient turbulens et sanguinaires. Les tortures qu'ils font subir à leurs victimes sont atroces. Une grande espèce de singe sans queue, nommée *koja*, est commune dans ce pays; les habitans la regardent comme appartenant à une race d'hommes plus méchans que les autres. Au rapport des indigènes, il existe une autre espèce de singes dans le pays, que M. Douville ne vit point, plus grande, plus intelligente, et qui n'aurait de poils que sur les cuisses et les jambes. Ces derniers animaux auraient souvent enlevé des femmes, et auraient cohabité avec elles; mais toutes ces femmes auraient eu le malheur de mourir peu de temps après; de sorte que ces singes passent pour être de méchans sorciers.

On traversa ensuite le Couango devant Sali, et l'on entra dans les états de Holo Ilo. Là, M. Douville obtint, après divers efforts, des nouvelles du mulâtre qu'il avait expédié de Cassangi, avec la mission de descendre le Couango. Cet homme avait fidèlement rempli les ordres de son maître; mais peu après son départ de Cassange, ses noirs l'avaient abandonné; il avait cependant suivi le cours du Couango et était arrivé à Sali, où il avait été d'abord bien reçu et bien traité. Mais la cupidité de ses hôtes les porta à le déclarer sorcier, pour s'emparer de ses effets; on lui fit boire du oualo empoisonné, et on le jeta dans un cachot, où il languit jusqu'au retour de M. Douville. Il expira quelques heures après avoir terminé ce récit.

Le 22 mars 1830, on passa à Bamba Ali, et le surlendemain à Holo Ho, dont le souverain accueillit très bien M. Douville. Muta Calumbo, dieu de la chasse, y est très vénéré.

On eut beaucoup de peine à gravir la cime des montagnes noires sur lesquelles on campa. Là, on fit prisonniers une vingtaine de noirs qui avaient voulu surprendre la caravane et la piller. Puis on leur rendit la liberté : ce dont ils se montrèrent fort reconnaissans par leur conduite ultérieure. Dans ces montagnes, M. Douville observa quantité de fossiles de toute espèce, entre autres, le squelette entier d'une gazelle.

Près de Calandola, un vieillard inconsolable, près de la tombe de son fils, qu'il avait tué par mégarde à la chasse, était une preuve de l'affection profonde que les parens portent à leurs enfans dans ces contrées sauvages.

Le soba Lobo se montra fort bien disposé, et voulut accompagner son hôte durant trois jours, pour le faire respecter dans les lieux où il devait passer. Dans les forêts qu'on traversa, on vit des rhinocéros et une foule de singes qui tentaient quelquefois d'enlever aux porteurs quelques-uns de leurs ballots. L'un de ces animaux, que tua M. Douville, avait eu l'adresse de lui enlever un morceau de ses vivres tandis qu'il faisait son repas.

Dans les montagnes, près d'Andongo, existe une caverne

très profonde, dont les naturels n'osent approcher, attendu que c'est par là que les esprits se rendent au chemin qui doit les conduire dans l'autre monde.

A Hialala, capitale des Mosossos, M. Douville fut reçu de la manière la plus splendide par le Dembo, qui lui donna de brillantes fêtes. Il fut déclaré l'ami des dieux, et il n'éprouva aucun désagrément pendant les six jours qu'il passa en cet endroit.

Une société secrète est établie dans ce pays, sous le nom d'*Inquita;* ses initiations et ses cérémonies sont curieuses et fondées sur des idées très positives de métempsycose.

Le soba Soso Ambagé, malgré sa réputation de perfidie et de férocité, se comporta assez bien. Mais celui de Quiangama Canga accueillit la caravane à coups de flèches. Le soba Cutana Cuatongo fut plus honnête. A Muginga Ambundo, le tétanos exerçait de cruels ravages, que les noirs attribuaient à la colère des dieux et des esprits des morts.

Dans le désert qu'on traversa ensuite, M. Douville fut témoin d'un combat terrible entre une panthère et trois hyènes; la panthère finit par succomber, après s'être vigoureusement défendue et avoir tué une de ses ennemies, les deux autres la dévorèrent entièrement.

On traversa le Zala sur des troncs d'arbres. Le duc de Bamba voulut exiger que M. Douville lui livrât les porteurs de Muginga Ambundo. Celui-ci s'y refusa, et par un acte de vigueur, se rendit maître de dix individus, parmi lesquels se trouvait le propre neveu et favori du noble duc. On capitula; il fut convenu que le duc renoncerait à ses prétentions, de sorte que M. Douville put conserver ses porteurs. Le duc, appaisé par les présens de son hôte, finit même par lui offrir la plus belle de ses filles, âgée de douze ans. Dans ces contrées, un baiser donné à une femme sur la bouche est un crime qui ne peut être racheté qu'au prix de dix esclaves. Les noirs croient que le malheur n'a fondu sur leur pays que depuis l'arrivée des blancs qui, en embrassant leurs femmes, ont fait passer dans leurs corps les malins esprits.

On passa à Manica, à Lundo et à Mani Mazela où les porteurs de Bamba prirent la fuite avec les ballots qui leur avaient été confiés. Enfin, à sa grande satisfaction, M. Douville se retrouva à Mani, d'où il se rendit à Ambriz. Il quitta ce port le 27 juin 1830, arriva à Bahia le 29 juillet, encore très souffrant, passa à Rio de Janeiro et à Buenos-Ayres, où il resta jusqu'à la fin de février 1831, et dont le climat produisit une heureuse influence sur sa santé. Enfin, notre intrépide voyageur arriva le 13 juin 1831 au Havre, et à Paris le 20 du même mois.

Rendons justice à l'activité que M. Douville a mise à publier son voyage. Une année ne s'était pas encore écoulée depuis son retour en France, que déjà le public jouissait du fruit de ses recherches. En cela, on lui doit d'autant plus de reconnaissance que plusieurs de nos voyageurs modernes sont loin d'offrir un pareil exemple. N'en voyons-nous pas qui, revenus depuis six, dix ou douze ans de leurs campagnes, sont encore loin d'en avoir terminé le récit. Pourtant quelques uns sont salariés par le gouvernement. A cet égard, on ne sait vraiment ce qui doit le plus surprendre, ou de l'inconcevable apathie de ces voyageurs, pour mettre fin à une tâche imposée par le soin même de leur réputation, ou de la patience des ministres qui tolèrent d'aussi inexcusables retards [1].

La relation de M. Douville se compose de trois volumes et d'un atlas; elle est écrite d'un style simple, naturel, exempt de prétentions, et qui porte une empreinte de vérité

[1] Celui qui fait ces réflexions gémit lui-même de ce que des conventions, indépendantes de sa volonté, ne lui permettent pas de terminer sa publication avant la fin de l'année prochaine. Certes, il aura été un prodige d'activité près de ses confrères; mais combien il a été surpassé par M. Douville!..

irrécusable. Nous n'avons point lu de récit de voyage qui nous ait plus vivement et plus constamment intéressé. On est effrayé à chaque instant par les dangers sans cesse renaissans qui ont assailli notre courageux voyageur ; on s'étonne qu'il ait pu y échapper, et l'on s'en félicite comme si on les avait partagés. Cependant le mérite de cette relation ne se borne point à la partie dramatique ; elle est riche en observations neuves et du plus haut intérêt, surtout pour la géologie, la géographie, la météorologie et l'ethnographie. On doit s'émerveiller comment un homme seul, et réduit absolument à ses propres moyens, a pu recueillir tant de matériaux ; l'on doit avouer du moins qu'il lui a fallu déployer une infatigable activité et un zèle inébranlable pour arriver à d'aussi prodigieux résultats.

L'atlas se compose d'une grande carte de l'Afrique équinoxiale où la route de M. Douville est tracée avec soin. Cette carte a été dressée par M. Brué, d'après les minutes très détaillées que l'auteur avait faites dans son voyage même, et que nous avons examinées avec le plus vif intérêt. Elle est d'ailleurs assujettie à plusieurs points dont les latitudes et longitudes ont été déterminées astronomiquement par notre voyageur [1]. Il ne prétend point donner ces observa-

[1] Nous venons d'apprendre que certaines personnes, ayant remarqué que M. Douville s'était contenté de publier ses résultats sans présenter les données même de ses observations, paraissaient en révoquer en doute l'authenticité : partant de là, elles sembleraient en induire que la partie du voyage de M. Douville, hors des possessions portugaises, ne serait plus qu'une fiction basée tout au plus sur les documens que l'auteur aurait pu se procurer dans la colonie. Pour nous, qui connaissons M. Douville, nous déclarons qu'il nous paraît impossible qu'un homme de son caractère soit capable de supposer des observations et des itinéraires qui n'auraient jamais eu lieu. Cependant il suffit que de pareils soupçons aient été émis pour que nous soyons le premier à inviter M. Douville à publier les données de quelques unes de ses observations ; nous lui recommanderons surtout celles qui ont servi à fixer les posi-

tions, comme étant d'une exactitude rigoureuse; pourtant il y a lieu de croire que les erreurs ne peuvent être bien considérables, surtout pour les latitudes. En définitive, cette carte est un document magnifique offert à la géographie de l'Afrique.

Quant aux planches de l'atlas, au nombre de vingt, M. Douville ne nous paraît point avoir été servi par les lithographes, comme il aurait pu le désirer. Telles qu'elles sont néanmoins ces planches suffisent pour donner une idée fort exacte des portraits et des scènes qu'il a voulu retracer.

Nous avons oublié de dire que l'ouvrage de M. Douville est terminé par des considérations générales sur les pays qu'il a visités; par des réflexions sur la difficulté d'y voyager; par les tableaux de ses observations astronomiques et météorologiques; par un état statistique fort curieux de la population des villes et des villages où il a passé; enfin, par des vocabulaires des langues mogialoua, abunda, congo, bomba, ho et sala. Ces trois derniers dialectes sont d'un vif intérêt pour les philologues, en ce qu'ils démontrent que la langue de cette partie de l'Afrique centrale cesse d'avoir aucun rapport avec celle de sa côte occidentale.

Après avoir accompli d'aussi glorieux travaux, après avoir affronté tant de dangers et de privations, après avoir accru le domaine de nos connaissances de tant de faits inconnus, on aimerait à croire qu'à son retour dans sa patrie notre jeune voyageur aurait trouvé la juste récompense d'un si beau dévouement, d'une persévérance si noble et d'un désintéressement si rare. On désirerait du moins que cette décoration dont le pouvoir est si prodigue envers

tions de Bihé, de Matamba et d'Yanvo. Le bulletin de la société de géographie nous paraît être le recueil le plus convenable pour recevoir ces communications suffisantes, mais indispensables, pour couper court, une fois pour toutes, aux insinuations malveillantes qui pourraient être faites sur les beaux travaux de M. Douville.

certaines gens qui l'ont si facilement gagnée, mais qui l'accorde pourtant quelquefois aux services honorables, fût devenue cette fois le prix des plus admirables efforts. Point du tout. L'homme qui sent ce qu'il vaut est rarement intrigant, et plus rarement encore le pouvoir sait de lui-même rendre justice au mérite indépendant et modeste. Aussi M. Douville a été complétement oublié... Mais console-toi, noble voyageur, de cette indifférence, de ces dédains[1], qui ne font encore que mieux te signaler aux yeux des véritables amis de la science, de ceux qui estiment l'homme pour lui-même et pour ses travaux, et non pas au poids des hochets qu'il a reçus des grands du jour. Ces grands, leurs faveurs éphémères, leurs fragiles hochets passeront, le fleuve d'oubli engloutira tout dans ses flots; mais ta barque plus heureuse surnagera sur ses ondes. Que nous importe aujourd'hui de savoir si les Marco Paulo, les Colomb, les Magellan, les Cook, etc., etc., portèrent ou non des rubans à leur boutonnière? Que sont devenus les noms de tant de hauts personnages, leurs contemporains, bien fiers sans doute de leur puissance et de leur opulence, aujourd'hui voués à un éternel oubli? A peine si, dans ce vaste naufrage, les noms de leurs souverains, grace aux exigences de la chronologie, passent à la connaissance de leurs arrière-neveux. Console-toi donc, généreux Douville, tes travaux sont immortels, et ton nom, désormais associé à ceux de Mungo Park, de Laing, de Clapperton, etc.,

[1] A son arrivée à Paris, M. Douville s'empressa de mettre sous les yeux du premier corps savant de la France, ses manuscrits et ses observations. On les garda près de trois mois sans daigner en prendre connaissance... Conçoit-on une pareille insouciance de la part d'une société dont un des premiers devoirs est d'examiner les documens nouveaux offerts aux sciences? Ne lui convenait-il pas au moins de vérifier les manuscrits qui lui étaient soumis, pour certifier ou nier l'authenticité du voyage? Du reste les sociétés de géographie de Londres et de Paris ont été plus justes à l'égard de notre voyageur.

rappellera tes importantes découvertes au sein du vaste continent qui fut témoin de tes courageux efforts, et qui reçut les restes de ton infortunée compagne!... Que d'autres, au prix des plus lâches complaisances, s'efforcent d'acquérir un métal devenu l'unique objet de leurs vœux! que d'autres, plus méprisables encore, déjà gorgés d'or, ternissent une réputation bien ou mal acquise par une insatiable cupidité! Ces exemples ne t'ébranleront pas! Tu as pu sacrifier ta jeunesse, ta santé, tes richesses, pour acquérir une gloire pure et durable: conserve-la cette gloire! et songe que tôt ou tard les hommes sont forcés de rendre au vrai mérite la justice qui lui est due.

J. D'Urville.

30

www.ingramcontent.com/pod-product-compliance
Ingram Content Group UK Ltd.
Pitfield, Milton Keynes, MK11 3LW, UK
UKHW021036180726
13838UKWH00004B/1837